KHETI

FILS DU NIL

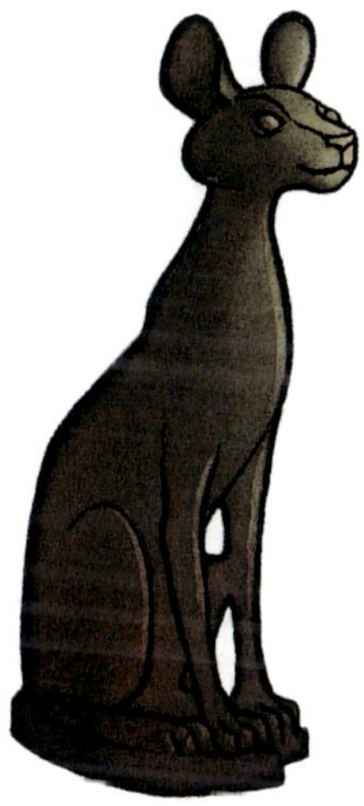

SCÉNARIO
ISABELLE DETHAN

DESSIN ET COULEUR
MAZAN

DELCOURT

Pour Émilie, Louis, Bastien et Thomas.
À la mémoire de Socquette qui s'en est allée
au paradis des chats. Que Bastet veille sur elle.
M.

Merci à :

Tiyi

tiyil@free.fr

Du Mazan, chez le même éditeur :
• Les Aventures de Philibert (deux volumes)
• L'Hiver d'un monde (trois volumes et édition intégrale)
• Le Vaillant Petit Tailleur - Prix du meilleur album jeunesse, Erlangen 1998
• Apprendre à frissonner (et édition luxe)
• Donjon Monsters (T. 1) - scénario de Sfar et Trondheim
• Le Renard et le bouc *in* La Fontaine aux fables T. 1 - collectif

Aux Éditions du Cycliste :
• Les Nains de jardin (deux volumes et édition intégrale)

Aux Éditions Casterman :
• Bouzouk (quatre volumes) - textes de Gérard Moncomble

Aux Éditions 400 coups :
• Les Larmes d'Ulûpi - textes de Gérard Moncomble

Aux Éditions Gulf Stream
• Ulûpi, princesse chipie - textes de Gérard Moncomble

De Dethan, chez le même éditeur :
• Sur les terres d'Horus (cinq volumes)
• Mémoire de sable (trois volumes et édition intégrale)
• Le Roi Cyclope (trois volumes et édition intégrale)
• Tante Henriette ou l'Éloge de l'avarice
• Ingrid
• Eva aux mains bleues

Aux Éditions Vents d'Ouest :
• Le Rêve de Pierres (un volume) - dessin de Collignon

Site Internet :
www.atelier-sanzot.com

Dépôt légal : janvier 2006. I.S.B.N. : 2-7560-0065-5
Première édition.

Conception graphique : Trait pour Trait

Achevé d'imprimer en décembre 2005
sur les presses de l'imprimerie Lesaffre, à Tournai, Belgique.

Loi n° 49-956 du 16 juillet 1949
sur les publications destinées à la jeunesse

www.editions-delcourt.fr

* VOIR GLOSSAIRE.

JAMAIS UN SCULPTEUR OU UN ORFÈVRE N'A ÉTÉ ENVOYÉ EN MISSION.
LE FORGERON A LES DOIGTS COMME DE LA PEAU DE CROCODILE ET IL SENT PLUS MAUVAIS QUE LE POISSON.
TOUT CHARPENTIER QUI TRAVAILLE EST PLUS ÉPUISÉ QUE LE LABOUREUR DANS LES CHAMPS.
LE JOAILLIER PERCE AVEC SOIN TOUTES SORTES DE PIERRES DURES. SES BRAS SONT FATIGUÉS.
IL EST LAS.
...
C'EST UN GRAND MALHEUR ...

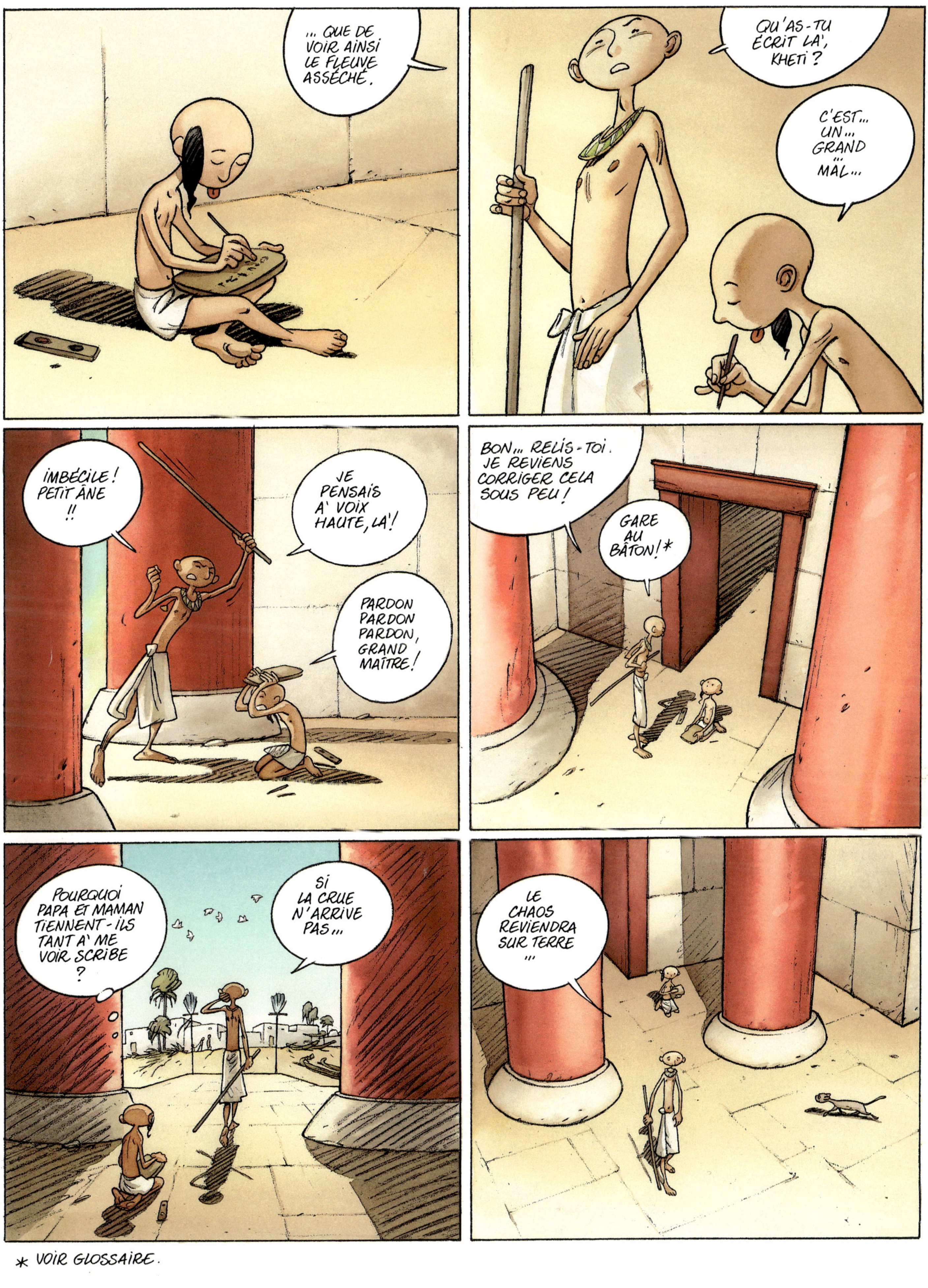

* VOIR GLOSSAIRE.

!
MIOU!
MIOU!
...
T'AS PAS VU MON CHAT ?
?

AAAA!
MIOU!
MIOU! REVIENS ICI!
PAR THOT! QUELLE EST CETTE MAGIE ?
SALETÉ DE CHAT!

* VOIR GLOSSAIRE.

* MAYT (PRONONCER MAÏT).

* KHETI (PRONONCER "RRHÉTI") HABITE LE VILLAGE DES ARTISANS, DISTINCT DU VILLAGE DES AGRICULTEURS OÙ VIT MAYT.

* VOIR GLOSSAIRE.

LE MONDE DES DIEUX ?
BIEN SÛR, CE MONDE SE SUPERPOSE AU VÔTRE EN QUELQUE SORTE.
LE DÉCOR EST LE MÊME, MAIS LES ANIMAUX DOMESTIQUES AINSI QUE LES HOMMES ET LEURS CRÉATIONS N'Y EXISTENT PAS.
IL N'EST PAS BON QUE LES DIEUX ET LES HUMAINS FOULENT LE MÊME SOL EN MÊME TEMPS.
LA SEULE CHOSE QUI RESTE DE VOS MAISONS DANS CE MONDE-CI, CE SONT LES STATUES DIVINES ...
LES FRESQUES ...
HUM.
C'EST VRAI QUE JE SUIS PLUTÔT PAS MAL LÀ-DESSUS.
LES OFFRANDES.
MIAM.
EXCELLENT CE GÂTEAU !
BREF ... TOUT CE QUI NOUS CONCERNE, NOUS LES DIEUX !
MMM... SEULS LES ANIMAUX SERVITEURS DES DIEUX "CRUNCH", LES PHARAONS, LES ÉPOUSES ROYALES OU LES GRANDS PRÊTRES SONT "SLURP" PARFOIS AUTORISÉS À ENTRER ICI ...
CHOMP.
MAIS VOUS DEUX ... VOUS N'ÊTES RIEN DE TOUT ÇA.
ALORS, COMMENT ÊTES-VOUS LÀ ?

* VOIR GLOSSAIRE.

AÏE!
C'EST DÉCOURAGEANT ! COMMENT ON VA FAIRE POUR LE RETROUVER ? ON N'EST PAS ÉQUIPÉS POUR MARCHER LONGTEMPS !
ET TON CHAT A LA COULEUR DU SABLE !
ON NE PEUT QUAND MÊME PAS HURLER SON NOM !!
ÇA POURRAIT ÊTRE DANGE...
MIOU !
MAIS T'ES FOLLE !!
BÈS NOUS A DIT QUE SEKHMET ÉTAIT EN COLÈRE !
ET QU'ELLE SE TROUVAIT PAR ICI !
QUI NE RISQUE RIEN N'A RIEN.
SANS COMPTER LES MAUVAIS GÉNIES QUI DOIVENT RÔDER.
MIAAAW ...

LÀ! LÀ! LÀ!
MIAW!
IL EST BLESSÉ !
MAW
MIOU! MIOU!. QU'EST-CE QUI S'EST PASSÉ ?
MAUT, MA PETITE ... MAÎTRESSE ... LA CHANCE EST AVEC MOI : TU ... M'AS RETROUVÉ.
... J'AI ÉTÉ PIQUÉ ...
!
BEN, ÇA PARLE MAINTENANT, LES CHATS !
ICI PEUT-ÊTRE ... MON PAUVRE MIOU, S'IL A ÉTÉ PIQUÉ PAR UN SERPENT ...
IL VA MOURIIIR!
QUI A PU FAIRE ÇA ? ... S'ATTAQUER À UNE PETITE BÊTE COMME LUI.
!?
!!
EN TOUT CAS ...
SSSSCE N'EST PAS MOI !!

* VOIR GLOSSAIRE.

* L'ÉGYPTE.
** VOIR GLOSSAIRE.

WHAA ! ET COMMENT TU SAIS TOUT ÇA, MON MIOU ?
J'ÉTAIS EN MISSION. JE SUIS UN ESPION, PETITE MAÎTRESSE.
UN ESPION AU SERVICE DE LA LIONNE.
BON. MAIS EN ATTENDANT, IL FAUT PRÉVENIR SEKHMET AVANT QUE DANS NOTRE MONDE LE NIL NE MEURE. TOI, LE CHAT, TU ES TROP FAIBLE ...
MAIS MOI, JE PEUX Y ALLER !
HUM... C'EST GENTIL, PETIT SCRIBE. MAIS LA LIONNE NE FERA QU'UNE BOUCHÉE DE TOI : ELLE N'A CONFIANCE QU'EN MOI !
JE NE VOIS QU'UNE SSSOLUTION : VOUS PORTEZ SSCE MAIGRE MATOU JUSQU'A' SEKHMET.
IL SSSERA LA TÊTE ET VOUS LES JAMBES ...
BONNE CHANCE, PETITS HUMAINS.

QUOI? ET C'EST TOUT ?
ELLE AURAIT PU NOUS AIDER UN PEU PLUS QUAND MÊME. C'EST UNE DÉESSE. ELLE A DES POUVOIRS MAGIQUES ET ELLE NOUS LAISSE PLANTÉS LÀ, AVEC UN CHAT MOU SUR LES BRAS !
TU T'ES PROPOSÉ POUR SAUVER LE MONDE, KHETI.
OUAIS, BON D'ACCORD.
ALLONS SAUVER LE MONDE.
T'ES LOURD, MIOU. TU VEUX PAS LE PORTER, KHETI ?
?

* VOIR GLOSSAIRE.

ON DOIT PORTER UN MESSAGE IMPORTANT A' SEKHMET LA LIONNE.
AAH ? ... JE VOUS ACCOMPAGNE.
VOUS N'AUREZ QU'A' PARLER LES PREMIERS.
SORTEZ DE MES TEXTES PAR LA' : CETTE PARTIE DE MON DISCOURS ÉTAIT NULLE DE TOUTE FAÇON.
LES MONTAGNES DU DÉSERT ... NOUS RENTRONS DANS LE DOMAINE DE SEKHMET.
OH OH !
CHUUUT !
NE BOUGEZ PLUS ... NE CRIEZ PAS.
QU... QU'EST-CE QUE C'EST ?
LA PESTILENCE, LA TRISTESSE ET LES FIÈVRES.
CE SONT LES ANIMAUX-DÉMONS, NÉS DE LA COLÈRE DE SEKHMET.

ILS VONT PASSER LES PORTES ET ENTRER DANS VOTRE MONDE POUR APPORTER LE CHAGRIN ET LA MORT. ILS DISPARAÎTRONT QUAND LA LIONNE LIBÉRERA LES EAUX.
IL FAUT VITE TROUVER SEKHMET ...
?
MAIS.
QUE ... QU'EST-CE QU'ILS FONT ?
ILS ONT PEUR ...
ILS SE DÉTOURNENT DE QUELQUE CHOSE ... QUELQUE CHOSE CACHÉ DANS LES HAUTES HERBES ... JE N'AIME PAS ÇA.
MOI NON PLUS ! SI DES ANIMAUX-DÉMONS ONT PEUR ...
... CE NE PEUT ÊTRE QUE ...
... DES SBIRES D'APOPHIS !
COUREZ !!

THOT, SAUVE-NOUS ! TU ES LE GRAND MAGICIEN !
FAIS QUELQUE CHOSE !
JE PEUX PAS ! PAS EN COURANT !
'FAUDRAIT QUE J'ÉCRIVE UNE FORMULE MAGIQUE !
ET LÀ, J'AI PAS L'TEMPS !
ET SI VOUS LEUR FILIEZ LE CHAT ?
EH OH !
OUBLIEZ ! OUBLIEZ !
JE VAIS TROUVER AUTRE ...
HAAAA
HÉÉÉ !
POUSSE PAS ! POUSSE PAS !!

QU'EST-CE QUE ...
MAYT... MAYT !
JE CROIS QU'ON A TROUVÉ SEKHMET!
?!
MAIS... MAIS ELLE... N'ÉTAIT PAS LÀ IL Y A UNE SECONDE !
C'EST QU'ELLE PEUT CHANGER DE TAILLE EN UNE SECONDE !
HEU ... LOUANGES À TOI, MAÎTRESSE.

MIOU ...
MON FIDÈLE SERVITEUR... DIS-MOI POURQUOI J'AI DÛ GASPILLER DE L'ÉNERGIE POUR VOUS SAUVER ? ...
... TOI ET CES MISÉRABLES PETITS HUMAINS ?
JE VAIS T'EXPLIQUER, Ô DIVINE ...
HÉ! LES CARPETTES !
VOUS POUVEZ RELEVER LA TÊTE...
MIOU A RÉUSSI À LA CALMER.
AH, J'ADMIRE QUAND MÊME. CE CHAT EST UN HABILE PARLEUR.
BLA BLA BLA.
SI J'AI BIEN COMPRIS, APOPHIS-LE-FOURBE S'EST JOUÉ DE MOI. ET MON SCEPTRE EST CACHÉ PRÈS DU SPHINX. VOUS AVEZ ÉTÉ COURAGEUX, ENFANTS. CELA MÉRITE UNE RÉCOMPENSE.

* VOIR GLOSSAIRE.

DIVINE SEKHMET, TU DEVRAIS TE MÉTAMORPHOSER EN LIONNE ... JE NE SUIS PAS TRANQUILLE : APOPHIS VA S'APERCEVOIR DE QUELQUE CHOSE ...
LA RÉACTION D'APOPHIS M'IMPORTE AUTANT QU'UNE CROTTE DE BABOUIN.
ÇA Y EST !
ON L'A TROUVÉ !
PUISSANTE DÉESSE, VOICI TON SCEPTRE.
HUM ... COMMENT VOUS REMERCIER, PETITS HUMAINS ?
...
DAIGNE LIBÉRER LES EAUX DU NIL ... S'IL TE PLAÎT.
PAS SSSI VITE !!

QU'EST-CE QUE VOUS FAITES ISSCI ?!!
SSSS... VOUS AVEZ TROUVÉ LE SCEPTRE !
JE VOIS...
SSC'EST À CAUSE DE TOI.
ANIMALCULE VELU.
FFFFF
KAÏ
MESURE-TOI À QUELQU'UN DE TA TAILLE !
GRAND LÂCHE !

TOUS AUX ABRIS !!
REGARDE ! SEKHMET A LAISSÉ TOMBER SON SCEPTRE QUAND ELLE S'EST TRANSFORMÉE EN LIONNE !
ET ALORS ?
ET ALORS ? ... CE COMBAT VA DURER DES HEURES !
KHETIII !
JE VAIS LES AIDER UN PEU !
¡¡¡IIK !
SSSS ! IMMONDES PETITES LARVES ! C'EST PAS DU JEU !!
JE ME VENGERAI !

* MAYT (MAYET) = "LA CHATTE", C'EST-À-DIRE BASTET, UN DES ASPECTS DE SEKHMET QUAND ELLE EST BÉNÉFIQUE.

DÉESSE! DÉESSE!
ET COMMENT ON FAIT POUR RENTRER CHEZ NOUS ?
DEMANDEZ À MIOU.
PAR ICI ... SUIVEZ-MOI.
VOILÀ LA PORTE.
?!
QUOI ? ... LA STÈLE ?
REGARDE! IL Y A UNE PORTE PEINTE DESSUS!
BIEN VU.
ALORS, MAINTENANT QU'ON A UN TALISMAN, ON PEUT PASSER SANS MIOU. IL FAUT JUSTE QU'ON SE TIENNE LA MAIN.
ET MOI ? HEIN ? PORTEZ-MOÂ.
VOUS ME PORTEZ SI BIEN.
SI TU VEUX, ON PEUT SE TENIR PLUS SERRÉS
HI HI HI!
ALLEZ ...
C'EST BON. VIENS!
R̂R̂R̂R̂RR
C'EST BON? ON EST BIEN ATTACHÉS?
BEUH!
MIAOU?
MIAW.

* VOIR GLOSSAIRE.

Dethan - Mazan -

GLOSSAIRE

SATIRE DES MÉTIERS (P.3) : «L'apprenti-scribe est encore un enfant, mais il est traité avec respect : on l'envoie en mission et, avant de rentrer, il se drape dans un pagne.
Je n'ai jamais vu envoyer en ambassade un sculpteur, ni un orfèvre.
Le forgeron (...) (a les) doigts comme de la peau de crocodile...
Tout charpentier (...) est plus las que le laboureur...»
... La satire des métiers est un texte célèbre, dicté aux élèves-scribes et destiné à montrer aux futurs scribes que leur métier était le plus beau de tous, en décrivant les autres professions sous un mauvais jour.

BÂTON (ÉDUCATION) (P.5) : En Égypte ancienne, il y avait des écoles, des maîtres et des élèves.
Les professeurs avaient le droit de donner des coups de bâton aux mauvais élèves : c'était même recommandé, si l'on en juge d'après ce dicton populaire de l'époque : «Un garçon a les oreilles sur le dos, et il écoute les corrections».

FAUSSE PORTE (P.8) : Ces portes sont dessinées ou sculptées sur les parois des tombeaux ainsi que sur les murs des chapelles : elles permettaient notamment aux morts de traverser magiquement les murs et de pénétrer dans le monde des vivants pour y chercher les offrandes que leur famille avait déposées.
Ces portes mettent donc en contact deux mondes parallèles, celui des morts et celui des vivants.
J'ai utilisé cette propriété pour permettre d'atteindre le «monde des dieux».

MAYT (P.9) : Aussi écrit Mayet, ce prénom signifie : «la chatte». On prononce M-A-Ï-T (MAYT) ou MAILLETTE (Mayet). Pour notre petite héroïne, j'ai préféré la version «MAYT».

KHETI (P.10) : «Engendré, né du ventre...» (de sa mère).

BÈS (P.11) : Cette divinité avait la forme d'un nain barbu et gardait les maisons, chassant les mauvais esprits et les dangers qui guettent la famille. C'est aussi le protecteur du sommeil.

SEKHMET (P.13) : Sous la forme d'une lionne, Sekhmet est à la fois bienfaisante et redoutable : c'est la déesse de la crue du Nil mais aussi de la maladie et de la guerre : quand elle est en colère, elle empêche les eaux